JN047050

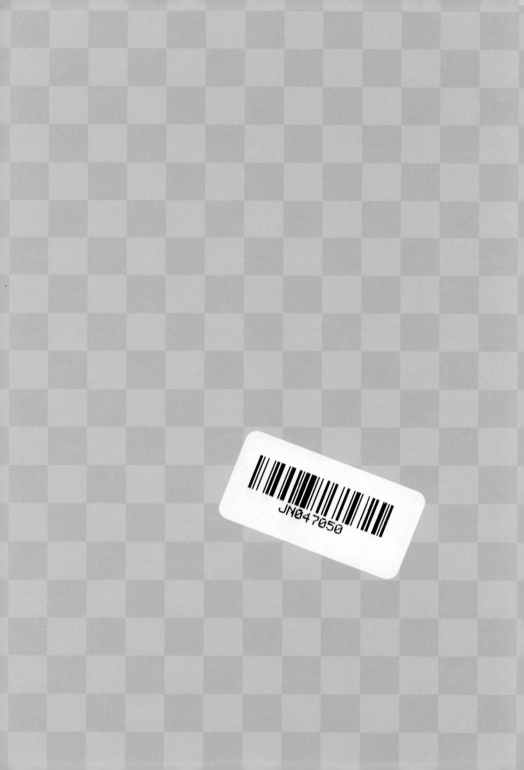

スポーツのおはなし
バドミントン

# まえむき
# ダブルス！

落《おち》合《あい》由《ゆ》佳《か》 作　うっけ 絵

講談社

バドミントンでぜったい負《ま》けない方法《ほうほう》、教《おし》えてあげよっか。

カンタンだよ。

自分《じぶん》のコートにはシャトルを落《お》とさずに、相手《あいて》のコートに落《お》とせばいいの。それだけ。

なーんちゃって。

それがカンタンにできるなら、オリンピックで金《きん》メダルをとれちゃうね。

「こら、あかりちゃん。ぼーっとしてないで、集中《しゅうちゅう》、集中《しゅうちゅう》」

おっと、坂本《さかもと》コーチに注意《ちゅうい》されちゃった。

ラケットのにぎるところ、グリップに息《いき》をふっと吹《ふ》きかけて、わたしはラケットをかまえた。

ここは、ジュニアバドミントンクラブ。わたしは今《いま》、来月《らいげつ》末《まつ》にある大会《たいかい》に向《む》けて、ダブルスのゲーム練習《れんしゅう》をしているところ。

せなかから、パートナーの結衣《ゆい》ちゃんの、小《ちい》さな息《いき》づかいが聞《き》こえてくる。目《め》の前《まえ》には、コートをまんなかで区切《くぎ》るネットがあって、その向《む》こうがわで、相手《あいて》ペアの一人《ひとり》が、ラケットとシャトルをおへその前《まえ》でかまえている。

次《つぎ》こそは点《てん》を取《と》って、いやなムードを吹《ふ》き飛《と》ばさなきゃ。

ポン、と相手《あいて》がサービスを打《う》った。

きたっ。

ネットより少《すこ》し高《たか》いところを飛《と》んでくる、ショートサービス。わたしはすかさず一歩前《ぽまえ》にふみこんだ。相手《あいて》コートへ押《お》しこむようにシャトルを打《う》って、そのままネットの前《まえ》にはりつく。

ほらほら、こっちに打《う》ってよ。結《ゆ》衣《い》ちゃんのほうじゃなくて、わたしに。

だけど相手《あいて》はさそいにのらない。大《おお》きく打《う》ち返《かえ》されたシャトルが、わたしの頭《あたま》の上《うえ》をこえていく。

わたしはうしろを
ふり返《かえ》った。
「結衣《ゆい》ちゃん！」
結衣《ゆい》ちゃんはちらっと
わたしを見《み》てから、
あせったように
シャトルを追《お》った。
コートの奥《おく》に下《さ》がって、
ラケットをふる。

かこん！

「あっ」

ラケットの面《めん》じゃなくて、

ふちの部分《ぶぶん》に

当《あ》たってしまった

シャトルは、ふらふらと

相手《あいて》コートへ飛《と》んでいく。

まずいっ。

わたしが守《まも》りに入《はい》るよりも先《さき》に、相手《あいて》ペアの前衛《ぜんえい》が、シャトルをするどくひっぱたく。

ぱぁん！

あわててわたしはラケットをふったけど、空《から》ぶり。

「ごめんね、わたしが、へんな打《う》ちかたしたせいで」

結衣《ゆい》ちゃんが肩《かた》をすくめる。

「ううん、いいのいいの。わたしが、ちゃんと打《う》てばよかったんだし」

明《あか》るく言《い》ってみたけど、もういやな予感《よかん》はしていた。

次《つぎ》にシャトルが結衣《ゆい》ちゃんのほうに飛《と》んでいくと、

「結衣《ゆい》ちゃん！」

すかっ。

今度《こんど》は結衣《ゆい》ちゃんが、空《から》ぶり。

「……ごめんね、わたしが、へたなせいで」

「ううん、ううん。わたしが、シャトル追《お》えばよかったんだし」

水《みず》が足《た》りない花《はな》みたいに、くたり、と結衣《ゆい》ちゃんの頭《あたま》が下《した》を向《む》く。

うう、気《き》まずい。坂本《さかもと》コーチもこっちを見《み》てるよ。

「おーい、まえむきペアの二人《ふたり》、元気《げんき》がないよ。しっかり！」

「はいっ」

返事《へんじ》をして、わたしはこっそりとため息《いき》をついた。

だれか、いい方法《ほうほう》を知《し》らないかな？

バドミントンでぜったい負《ま》けない方法《ほうほう》じゃなくてね。

本当《ほんとう》の、まえむきなペアになる方法《ほうほう》。


まえむきペアっていうのは、わたしと結衣《ゆい》ちゃんのペアのこと。

いいよび名《な》でしょ。

初《はじ》めてそうよばれたのは、大会《たいかい》の出場《しゅつじょう》メンバー発表《はっぴょう》のときだった。

坂本《さかもと》コーチはわたしと結衣《ゆい》ちゃんの名前《なまえ》を読《よ》み上《あ》げて、

「大発見《だいはっけん》。二人《ふたり》は、まえむきなペアになるんだね」

って笑《わら》った。なんのことだろうと思《おも》っていると、坂本《さかもと》コーチはホワイトボードにわたしと結衣《ゆい》ちゃんの名前《なまえ》を書《か》いた。

前田《まえだ》あかり
向野《むきの》結衣《ゆい》
「名字《みょうじ》の最初《さいしょ》の一字《じ》を取《と》って、二人合《ふたりあ》わせると、なんて読《よ》む？」

わたしはうしろをふり返《かえ》って、結衣《ゆい》ちゃんを見《み》た。

「『まえむき』だ！　ねっ、結衣《ゆい》ちゃん」

ペア
前田 あかり
向野 結衣

わたしと結衣《ゆい》ちゃんは、このクラブで出会《であ》った。わたしが一年生《せんせい》で入会《にゅうかい》して、その次《つぎ》の年《とし》に結衣《ゆい》ちゃんがやってきた。わたしたちはちがう小学校《しょうがっこう》に通《かよ》っているけど、話《はな》したらすぐに気《き》が合《あ》って、三年生《ねんせい》になった今《いま》では、もうすっかりなかよし。クラブがない日《ひ》には、いっしょにあそんだりもする。

来月《らいげつ》の最初《さいしょ》の日曜日《にちようび》には、『子《こ》どもアスリート教室《きょうしつ》』っていうイベントに、いっしょにさんかしようねってやくそくしてる。バドミントンにきょうみのある市内《しない》の小学生《しょうがくせい》があつまって、ナショナルチームの選手《せんしゅ》やコーチたちと練習《れんしゅう》できるんだって。

「なんかいいね、二人合《ふたりあ》わせて、『まえむき』って」

「うん、うん」

結衣《ゆい》ちゃんがにこにことうなずく。そのたびに、二人《ふたり》おそろいで買《か》った星《ほし》の形《かたち》のヘアピンが、きらっ、きらっ、と光《ひか》った。

「大会《たいかい》までしっかりがんばっていこうな、まえむきペア」

「はーいっ」

ぴんと手《て》をあげる。でも、返事《へんじ》をしたのはわたしだけ。ふり返《かえ》ると、結衣《ゆい》ちゃんははずかしそうにもじもじしていた。

結衣《ゆい》ちゃんは内気《うちき》で、コートの外《そと》でも中《なか》でもえんりょがちな女《おんな》の子《こ》だ。わたしはその手《て》をとって、いっしょにあげた。

そのとき、わたし、決《き》めたんだ。

結衣《ゆい》ちゃんを引《ひ》っぱっていけるように、まえむきに、がんばるんだって。

で、今《いま》どうなっているかっていうと、さっきのとおり。

あんまり、うまくいってないの。

クラブでの練習《れんしゅう》が終《お》わって、ちょっと気《き》まずいかんじで結《ゆ》衣《い》ちゃんとバイバイをして、家《いえ》に帰《かえ》った。

「ただいまー」

リビングに行《い》くと、お母《かあ》さんがせんたくものをたたみながらテレビを見《み》ていた。

「おかえり、あかり。スポーツチャンネルで、バドミントンの試合《しあい》やってるわよ。ほら」

「あ、ほんとだ」

テレビの中《なか》で、女子《じょし》ダブルスの選手《せんしゅ》たちがラリーをしている。

すごい。
シャトルをつづけて打《う》ち合《あ》う
このラリーが、速《はや》いうえに
なかなかとぎれない。
選手《せんしゅ》たちの動《うご》きもスムーズ。
まるで、コートの中《なか》に
見《み》えない流《なが》れがあって、
それにのって動《うご》いているみたい。
「バドミントンのダブルスって、
動《うご》きが自由《じゆう》よね」
お母《かあ》さんが楽《たの》しそうに言《い》う。

「二人《ふたり》の位置《いち》がたてになったり横《よこ》になったりして、前衛《ぜんえい》と後衛《こうえい》がくるくるかわるの。二人《ふたり》が打《う》つ順番《じゅんばん》も、サービスを打《う》つときと、受《う》けるとき以外《いがい》は自由《じゆう》だものね」

硬式《こうしき》テニスでダブルスの経験《けいけん》があるお母《かあ》さんは、バドミントンでもダブルスにきょうみがあるみたい。

「だからムズカシイんだよ」

「こういう強《つよ》い人《ひと》たちの動《うご》きを見《み》て、参考《さんこう》にしたら？」

「レベルがちがいすぎるもん。それに見《み》るだけじゃよくわかんない」

「そう。今日《きょう》の結衣《ゆい》ちゃんとのダブルスは、どうだった？」

「うーん」

あのあとも、同時《どうじ》にシャトルを打《う》とうとして、ぶつかりそうになっちゃったり。

ぎゃくに、二人《ふたり》ともえんりょしちゃって、打《う》ち返《かえ》せなかったり。

ミスが次《つぎ》のミスをよんで、空気《くうき》がどんどん重《おも》くなって、そのまま負《ま》けて終《お》わり。だいたい、いつもそういうパターンなんだ。

わたしたち、いちばんのなかよしなのに、どうしてダブルスになると、ぎくしゃくしちゃうんだろう。

二人《ふたり》ともダブルス向《む》きじゃないのかなって思《おも》ったけど、そんなことを言《い》ったら、まえむきじゃなくてうしろむきペアになっちゃいそうだから、やめた。

「まあまあ、だったかな」

「ならいいじゃない。つづけているうちに、だんだんよくなっていくわよ」

「そうかなあ」

「そうよ。一回《かい》でも、『ダブルスって楽《たの》しい！』ってかんじるプレーができたら、あとはどんどんじょうずになっていくんだから」
お母《かあ》さんはわたしのせなかを軽《かる》くたたいた。
テレビの中《なか》では、
点《てん》を入《い》れたペアが、
笑顔《えがお》でハイタッチしてる。
ああ、いいなあ。
「あせらない、あせらない、あせらない。
さあ、おやつにしましょ」
立《た》ち上《あ》がったお母《かあ》さんの
こしに、わたしは
ぎゅうっとしがみついた。

月《つき》がかわって、最初《さいしょ》の土曜日《どようび》。
わたしと結衣《ゆい》ちゃんは、やっぱりコートで苦戦《くせん》していた。
ゲーム練習《れんしゅう》が始《はじ》まると、相手《あいて》のペアは結衣《ゆい》ちゃんにばかりシャトルを打《う》ってきた。
ほら、また。
高《たか》く、大《おお》きく、結衣《ゆい》ちゃんをコートの奥《おく》に押《お》しやるみたいに、シャトルが飛《と》んでくる。
わたしはうしろをふり返《かえ》った。
だいじょうぶかなあ。
結衣《ゆい》ちゃんが、コートの左《ひだり》すみから打《う》ち返《かえ》す。
すると相手《あいて》ペアは、わたしたちのコートの右《みぎ》すみをねらってシャトルを打《う》った。
これは、わたしが！

急《いそ》いで下《さ》がって、ラケットをふろうとした、そのとき。

左《ひだり》から結衣《ゆい》ちゃんが飛《と》びこんできた。

「わっ」「きゃっ」

ぶつかる寸前《すんぜん》で、なんとか止《と》まる。わたしと結衣《ゆい》ちゃんの

あいだに、ことん、とシャトルが落《お》ちた。

「ごめん！」

「ううん……」

ああ、結衣《ゆい》ちゃんがまたしょんぼりしちゃった。

だったら今《いま》の、わたしにまかせてくれれば、打《う》てたのに。

インターバルに入《はい》って、
わたしはタオルで
汗《あせ》をふきながら、
結衣《ゆい》ちゃんに声《こえ》をかけた。
「ねえねえ、結衣《ゆい》ちゃん」
バドミントンの1ゲームは
21点《てん》まで。どちらかが
11点《てん》になると、60秒以内《びょういない》の
短《みじか》い休《やす》みをはさむ。
そのインターバル中《ちゅう》に、
選手《せんしゅ》は水分《すいぶん》をとったり、

汗《あせ》をふいたり、コーチからアドバイスをもらったりする。

ペア同士《どうし》で話《はな》し合《あ》いもできる、きちょうな時間《じかん》なんだ。

「なあに？　あかりちゃん」

「打《う》ちづらそうなシャトルだったら、むりしなくてだいじょうぶだよ。わたしにぜんぶまかせてくれれば、なんとかする。もっとたよっていいよ」

「でも、それじゃあ、ダブルスじゃなくなっちゃう」

「ええっ？」

ダブルスは、二人《ふたり》でたたかうもの。バドミントンでは一年《ねん》せんぱいのわたしが、結衣《ゆい》ちゃんをカバーするのは、正《ただ》しいよね？

なんで結衣《ゆい》ちゃんは、かなしい顔《かお》をするんだろう。

「そんなこと言《い》わないで。まえむきに、楽《たの》しくプレーしようよ。ねっ？」

がんばって明《あか》るく言《い》った。でも、結衣《ゆい》ちゃんはうつむいちゃった。

「前《まえ》を向《む》いてないのは、あかりちゃんじゃないかな……」

「えええっ？」

どういうこと？　って聞《き》くまえに、インターバルが終《お》わっ

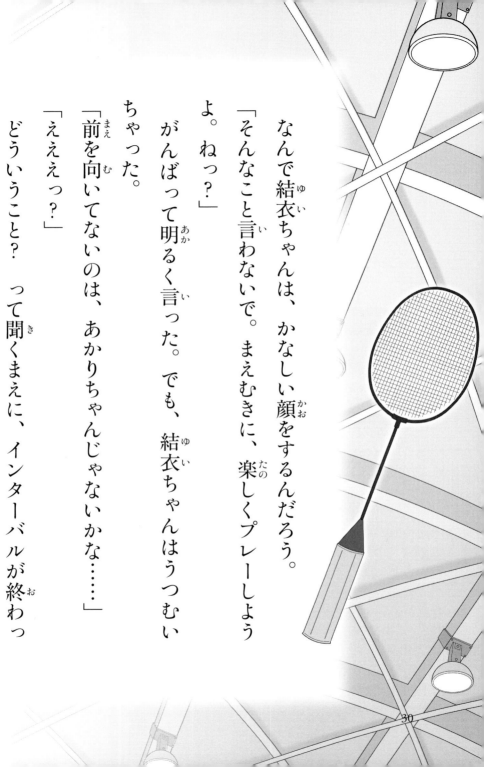

ちゃった。

後半《こうはん》が始《はじ》まってすぐに、シャトルが、わたしと結衣《ゆい》ちゃんの立《た》っているちょうどまんなかに飛《と》んでくる。

ああもうっ。

力《ちから》まかせにラケットをふったら、
がっちゃーん！

ぶつかり合《あ》った二人《ふたり》のラケットが、コートの外《そと》にふっとんだ。

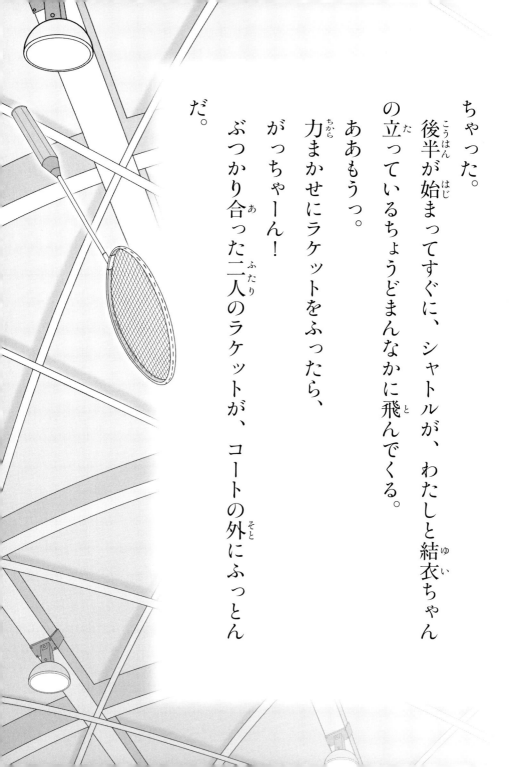

体育館《たいいくかん》の外《そと》の水道《すいどう》で顔《かお》を洗《あら》っていたら、うしろから声《こえ》がした。

「手《て》は、いたくなってない？」

坂本《さかもと》コーチだ。さっきの、がっちゃーん！　を見《み》られてたみたい。

タオルでごしごし顔《かお》をふいてから、答《こた》えた。

「はい、だいじょうぶです。ラケットも、こわれてません」

「よかった。ぼくも、プレー中《ちゅう》にパートナーとラケットをぶつけちゃって、一試合《ひとしあい》で二本《ほん》折《お》ったことあるよ」

ラケットってそんなにすぐ折《お》れるの？　ううん、そんなことより、

「坂本《さかもと》コーチは、ダブルスの選手《せんしゅ》だったんですか？」

「うん。シングルスより、ダブルスをするほうが多《おお》かったかな」

「ダブルス、好《す》きでしたか？」

「うん。二人《ふたり》ならではのプレーができたときなんか、すごく楽《たの》しかったよ。ぼくが床《ゆか》にダイブしながらシャトルを拾《ひろ》って、どうにかつないだラリーを、パートナーがスマッシュでバシッと決《き》めてくれたりね」

たしかに、それは二人《ふたり》いるからできるプレーだ。

「そのパートナーって、ラケットをぶつけちゃった人《ひと》ですか？」

「そう。でも、だんだん息《いき》が合《あ》うようになってきたところで、その人《ひと》はけがをしちゃってね。あまり長《なが》くはペアを組《く》めなかった」

そっか。せっかくペアを組《く》んでも、解散《かいさん》しなきゃいけないことだってあるんだよね。

「あかりちゃんは、ダブルスがあんまり好《す》きじゃない？」

ぎくっとした。

「好《す》きじゃないってことはないですけど、ダブルスは、なんかムズカシイっていうか。パートナーのことも、すごく気《き》になっちゃうし」

「パートナーが気《き》になるのは、どうして？」

「ええと、心配《しんぱい》だから」

「心配《しんぱい》しないで、まかせればいいのに」

「でも、ミスすると結衣《ゆい》ちゃんは落《お》ちこんじゃうから、なるべくわたしが打《う》ちたいんです」

「結衣《ゆい》ちゃんが落《お》ちこむのは、ミスのせいだけじゃないと思《おも》うよ」

「じゃあ、わたしがだめだからですか？」

ムッとして聞《き》くと、坂本《さかもと》コーチは「いいや」と首《くび》をふった。わたしをつれて体育館《たいいくかん》の中《なか》にもどると、手《て》をあげる。

「おーい、結衣《ゆい》ちゃん、愛《あい》ちゃんと陽菜《ひな》ちゃん、こっちに来《き》て」

名前《なまえ》をよばれた三人《にん》が走《はし》ってくる。菅野愛《すがのあい》ちゃんと宮崎陽菜《みやざきひな》ちゃんは四年生《ねんせい》で、シングルスもダブルスもじょうずな二人《ふたり》だ。

「コートが空《あ》いたら、この四人《にん》でダブルスを試《ため》してみよう。すがまえ

ペアと、みやむきペアで」
えっ⁉
試《ため》すって、新《あたら》しいペアを？
うまくいってないからって、
まえむきペア、もう解散《かいさん》？
ぼうぜんとしていると、
結衣《ゆい》ちゃんがわたしの
ポロシャツのすそを
引《ひ》っぱって、いやいやを
するみたいに首《くび》をふる。

「あのっ、坂本《さかもと》コーチ、宿題《しゅくだい》にしてください」
「え？　なにを？」
「わたしたち、もっとダブルスがじょうずになったところを見《み》せます。だから、まえむきペア解散《かいさん》は、ちょっと待《ま》ってください！」
「あの、わたしも、がんばりたいです。おねがいします」

わたしのあとに、結衣《ゆい》ちゃんもつづいてくれた。

坂本《さかもと》コーチは首《くび》をかしげていたけれど、しばらくしてから、ゆっくりうなずいた。

「なんにせよ、がんばる気《き》になれたならよかったよ。二人《ふたり》の思《おも》うように、やってみてごらん」

「やったあ！」「ありがとうございます」

二人《ふたり》そろって頭《あたま》を下《さ》げて、その場《ば》をはなれてから、わたしはひそひそ声《ごえ》で結衣《ゆい》ちゃんに言《い》った。

「わたし、なーんにも考《かんが》えないで言《い》っちゃったんだけど、じょうずになったダブルスを坂本《さかもと》コーチに見《み》せるには、どうしたらいい？」

坂本《さかもと》コーチに「どうしたらいいですか？」って聞《き》くのは、「宿題《しゅくだい》の答《こた》えを教《おし》えてください」って言《い》うようなものだし。

結衣《ゆい》ちゃんは、くすりと笑《わら》った。

「日本《にほん》のトップ選手《せんしゅ》たちから、ヒントをもらうのはどうかな」

「えっ、結衣《ゆい》ちゃん、そんなすごい人《ひと》たちに会《あ》えるのっ？」

「あかりちゃんも、あした会《あ》えるよ」

結衣《ゆい》ちゃんは体育館《たいいくかん》の出入《でい》り口《ぐち》近《ちか》くにある掲示板《けいじばん》のほうへ歩《ある》いていった。そこにはられた一枚《まい》のチラシを指《ゆび》さして、にこっとする。

『子《こ》どもアスリート教室《きょうしつ》のお知《し》らせ。
　バドミントンにきょうみのある、市《し》内《ない》の小学生《しょうがくせい》のみなさん。
ナショナルチームの選手《せんしゅ》とコーチたちから、いっしょに教《おそ》わってみませんか？』

「そうだ、子《こ》どもアスリート教室《きょうしつ》！」

二人《ふたり》でいっしょに申《もう》しこんだの、わすれてた！

次《つぎ》の日《ひ》、わたしと結衣《ゆい》ちゃんは市民体育館《しみんたいいくかん》の外《そと》で待《ま》ち合《あ》わせた。

子《こ》どもアスリート教室《きょうしつ》は、この中《なか》の競技場《きょうぎじょう》で開《ひら》かれるんだ。

「よし、行《い》こっか」

入《い》り口《ぐち》で受《う》け付《つ》けをして、二人《ふたり》とも名前《なまえ》の入《はい》ったゼッケンをもらった。これを胸《むね》につけるんだって。

競技場《きょうぎじょう》につづくとびらを開《あ》けると、現《あらわ》れたのは、どんなにシャトルを打《う》ち上《あ》げても届《とど》かなそうな、高《たか》い高《たか》い天井《てんじょう》。

競技場《きょうぎじょう》をくっきり照《て》らしだす、白《しろ》くて明《あか》るい光《ひかり》。

床《ゆか》は顔《かお》がうつりそうなくらいにぴかぴかで、九面《めん》あるコートには、もうすでにネットが取《と》りつけてある。

入《い》り口《ぐち》で立《た》ったまま中《なか》を
見《み》わたしていたら、
「ごめんね、
ちょっと通《とお》らせてね」
と、うしろから聞《き》こえた。
「あ、すみませんっ」
急《いそ》いで入《い》り口《ぐち》からどくと、
二人《ふたり》の大人《おとな》の女《おんな》の人《ひと》が、
にこっとして
通《とお》りすぎていった。
あれ、

あの二人《ふたり》、見《み》おぼえがある。

お母《かあ》さんとバドミントンの試合《しあい》をテレビで見《み》たとき、うつっていたのは、あの人《ひと》たちじゃなかったっけ？

「あかりちゃん、あの二人《ふたり》、里田選手《さとだせんしゅ》と小石川選手《こいしかわせんしゅ》だよ。ダブルスでオリンピックに出《で》たこともあるペアなんだよ」

「じゃあ、あの二人《ふたり》に教《おし》えてもらおう！」

わたしと結衣《ゆい》ちゃんは急《いそ》いで二人《ふたり》のせなかを追《お》いかけた。

「里田選手《さとだせんしゅ》、小石川選手《こいしかわせんしゅ》っ」

「はーい？」

やった、立《た》ち止《ど》まってくれた。

「ダブルスがすぐじょうずになる方法《ほうほう》、教《おし》えてくださいっ！」

わたしと結衣《ゆい》ちゃんは、二人《ふたり》で初《はじ》めてペアを組《く》んだけどうまくいかなくて、解散《かいさん》のピンチなんだってことを話《はな》した。

里田選手《さとだせんしゅ》と小石川選手《こいしかわせんしゅ》は、うなずきながら聞《き》いてくれた。

「二人《ふたり》の事情《じじょう》はわかった。だけど、ダブルスがすぐじょうずになれちゃうような、魔法《まほう》みたいな方法《ほうほう》はないの」

あ、やっぱり、そうですか……。

「でも、ダブルスの楽《たの》しさなら、教《おし》えてあげられるよ」

楽《たの》しさ。そりゃあ知《し》りたいけど、それって意味《いみ》あるのかな。

「楽《たの》しさを知《し》ったら、二人《ふたり》はもっと練習《れんしゅう》したくなる。そうすると練習《れんしゅう》にも熱《ねつ》が入《はい》る。じょうずになるのも早《はや》いはずだよ」

「そんなペアを、
コーチもかんたんに
解散《かいさん》させないんじゃないかな」
うわっ、心《こころ》をよまれた？
里田選手《さとだせんしゅ》と小石川選手《こいしかわせんしゅ》が、
まっすぐにわたしたちを見《み》る。
どきどきしながらうなずくと、
集合《しゅうごう》のアナウンスが入《はい》った。
「じゃあ、あかりちゃん、
結衣《ゆい》ちゃん、またあとでね」

子《こ》どもアスリート教室《きょうしつ》は、ナショナルチームの選手《せんしゅ》とコーチたちの紹介《しょうかい》から始《はじ》まった。

それが終《お》わると、わたしたちはみんなで二列《れつ》になって、競技場内《きょうぎじょうない》をぐるぐるとランニング。それから大《おお》きな輪《わ》になってじっくりストレッチをして、各《かく》コートにだいたい六人《にん》ずつにわかれた。

で、すぶりと、フットワークと、基本《きほん》のショットを打《う》つ練《れん》習《しゅう》。

なんか、ふつうってかんじ。ときどきアドバイスはもらえるけど、クラブでの練習《れんしゅう》と変《か》わらない。

わたしは近《ちか》くにいたコーチの人《ひと》に聞《き》いてみた。

「選手《せんしゅ》たちは、ふだんもこういうふつうの練習《れんしゅう》をしてるんですか？」

「そうだね、ふつうの練習《れんしゅう》を、とても集中《しゅうちゅう》してつづけているよ」

「わたしにもまねできるような、
トレーニングってありますか？」
「そうだな、もし海《うみ》に行《い》く機会《きかい》が
あったら、砂浜《すなはま》ダッシュをして
ごらん。体力《たいりょく》も筋力《きんりょく》もつくから」
「うわあ、きつそう」
「だろう。選手《せんしゅ》たちはそういう
きびしいトレーニングもして、
体《からだ》をきたえているよ。
世界《せかい》ランキングを上《あ》げるために
いろんな国《くに》の大会《たいかい》に出《で》るんだけど、

まず体力《たいりょく》がなくちゃ、試合《しあい》にならないからね」

なるほど。強《つよ》さのひみつ、一つ発見《はっけん》。

ゲーム練習《れんしゅう》の時間《じかん》になると、各《かく》コートを順番《じゅんばん》にまわっていた里田選手《さとだせんしゅ》と小石川選手《こいしかわせんしゅ》が、わたしたちのいるコートに来《き》てくれた。

「おまたせ！」

待《ま》ってました！

「じゃあ、さっそく始《はじ》めようか。あかりちゃんはわたしと、結衣《ゆい》ちゃんは小石川選手《こいしかわせんしゅ》とペアになって、ダブルスをやってみよう」

「ほかの子《こ》たちもいるから、11点《てん》の1ゲームでね」

あれ？　まえむきペア対里田《たいさとだ》選手《せんしゅ》・小石川《こいしかわ》選手《せんしゅ》じゃないの？

「そういう組《く》み合《あ》わせにするのは、なんでですか？」

「わたしたちと対戦《たいせん》するのもいいんだけど、二人《ふたり》はまだダブルス初心者《しょしんしゃ》だからね」

「わたしたちと組《く》んでダブルスをしたほうが、いい動《うご》きをおぼえやすいと思《おも》うの。わたしたちもプレーしながら指導《しどう》できるし」

へええ、そうなんだ。

もしかして、坂本《さかもと》コーチも同《おな》じように考《かんが》えてたから、すがみやペアとまえむきペアの組《く》み合《あ》わせをかえて、練習《れんしゅう》させせようとしたのかな。

四人《にん》でコートに入《はい》って、わたしと結衣《ゆい》ちゃんはじゃんけんをした。最初《さいしょ》のサーブを打《う》つか受《う》けるか、もしくは好《す》きなほうのコートを取《と》るか、勝《か》った人《ひと》がえらべる。

じゃんけんに勝《か》った結衣《ゆい》ちゃんは、小石川選手《こいしかわせんしゅ》と相談《そうだん》して、コートをえらんだ。そのとき、小石川《こいしかわ》選手《せんしゅ》は上《うえ》やまわりを見回《みまわ》してから、かたほうのコートを指《ゆび》さした。

「あのう、コートって、どっちがわを使《つか》っても同《おな》じですよね？」

気《き》になって、里田選手《さとだせんしゅ》に聞《き》いてみた。

広《ひろ》さがちがうわけじゃないし、1ゲーム終《お》わればおたがいにコー

トをチェンジするんだし。

「ううん、そんなことないよ」

里田選手《さとだせんしゅ》はまじめな顔《かお》になった。

「コートによっては照明《しょうめい》がまぶしい位置《いち》があるし、エアコンのある競技場《きょうぎじょう》なら風向《かざむ》きも注意《ちゅうい》しないといけない。自分《じぶん》たちに有利《ゆうり》なコートを先《さき》に使《つか》うか、あとにするか、そこも作戦《さくせん》の一つだよ」

え。わたしは今《いま》まで、なんとなくコートをえらんでいたよ。

最初《さいしょ》にサービスを打《う》つのは、わたし。

ネットの向《む》こうがわでサービスを受《う》けるのは、結衣《ゆい》ちゃん。

里田選手《さとだせんしゅ》はわたしのうしろで、小石川選手《こいしかわせんしゅ》は結衣《ゆい》ちゃんのうしろで、それぞれラケットをかまえた。

わたしは少《すこ》しきんちょうしながら、ポン、とサービスを打《う》った。

結衣《ゆい》ちゃんもぎこちない動《うご》きで打《う》ち返《かえ》してくる。

そのシャトルを、里田選手《さとだせんしゅ》が「はい」と言《い》って追《お》いかける。

次《つぎ》からもう、はげしいラリーが始《はじ》まった。

里田選手《さとだせんしゅ》と小石川選手《こいしかわせんしゅ》が、つづけて打《う》ち合《あ》う。高《たか》い、はじけるような音《おと》がして、シャトルがいきおいよく行《い》き来《き》する。

すっごい迫力《はくりょく》。
里田選手《さとだせんしゅ》をふり返《かえ》って見《み》ていると、

「前向《まえむ》いてっ」
声《こえ》が飛《と》んできて、わたしは
急《いそ》いで相手《あいて》コートのほうを向《む》いた。

と同時《どうじ》に、小石川選手《こいしかわせんしゅ》の打《う》ったシャトルが、びゅん！　と
きた。
「わっ!?」

ぜんぜん、動《うご》けなかった。結衣《ゆい》ちゃんたちに1点《てん》が入《はい》る。

「ダブルスは速《はや》いラリーが多《おお》いの。パートナーをいちいち見《み》てたら、シャトルのスピードに目《め》がついていけなくて、ミスのもとになるよ」

はい。心当《こころあ》たり、いっぱいあります。

「それにね、あかりちゃんがわたしのほうばかり見《み》てると、気《き》になっちゃう。わたし、たよりないのかな？　って」

たよりない？　まさか！　わたしは首《くび》をぶるぶるふった。

「よかった。じゃあ、前《まえ》を向《む》いてプレーしようね」

それからも、里田選手《さとだせんしゅ》はたくさん声《こえ》をかけてくれた。

「心配《しんぱい》いらないよ、まかせて」

「自分《じぶん》のプレーに集中《しゅうちゅう》して」

そのうちにだんだん、シャトルや相手《あいて》コートの動《うご》きが、よく見《み》えるようになってきた。

今《いま》は里田選手《さとだせんしゅ》と小石川選手《こいしかわせんしゅ》が、おたがいのコートの奥《おく》から奥《おく》へと打《う》ち合《あ》っている。

なにかしたい、わたしも、なにかしたいんだけど……。

つい、ちらっとうしろを向《む》くと、すぐ里田選手《さとだせんしゅ》から注意《ちゅうい》が入《はい》った。

「前見《まえみ》てっ」

「はいっ」

今《いま》、うしろは、里田選手《さとだせんしゅ》にまかせてていいんだ。

わたしはわたしで、チャンスをねらうんだ。

まえ
あか

そう決《き》めたとき、里田選手《さとだせんしゅ》はスマッシュを打《う》った。

コートのはしっこの、きびしいコースへ。

小石川選手《こいしかわせんしゅ》は体勢《たいせい》をくずしながら打《う》ち返《かえ》した。そのシャトルが、ゆるいスピードでわたしの前《まえ》に飛《と》んでくる。

ここだっ。

「打《う》って！」

里田選手《さとだせんしゅ》の声《こえ》と同時《どうじ》に、思《おも》いきり打《う》つ。

打《う》ち返《かえ》そうとした結衣《ゆい》ちゃんのラケットが、空《くう》を切《き》る。決《き》まった。その瞬間《しゅんかん》、せなかがぞくぞくっとした。

里田選手《さとだせんしゅ》が作《つく》ったチャンスで、わたしが点《てん》を取《と》った。

これが、ダブルス。二人《ふたり》ならではの、プレーなんだ。

里田選手《さとだせんしゅ》が、わたしに
左《ひだり》の手《て》のひらを向《む》けた。
「決《き》めてくれたね、
ナイスショット！」
「はい！」
ぱちん、と手《て》のひらを
合《あ》わせて、ハイタッチ。
「結衣《ゆい》ちゃん、相手《あいて》に点《てん》を
取《と》られても、うつむいちゃ
だめ。パートナーも
心配《しんぱい》しちゃうよ」

ネットの向《む》こうがわで、
小石川選手《こいしかわせんしゅ》が結衣《ゆい》ちゃんに
言《い》った。
「さ、顔《かお》を上《あ》げて、
次《つぎ》がんばろう。
たよりにしてるよ」
「は、はいっ」

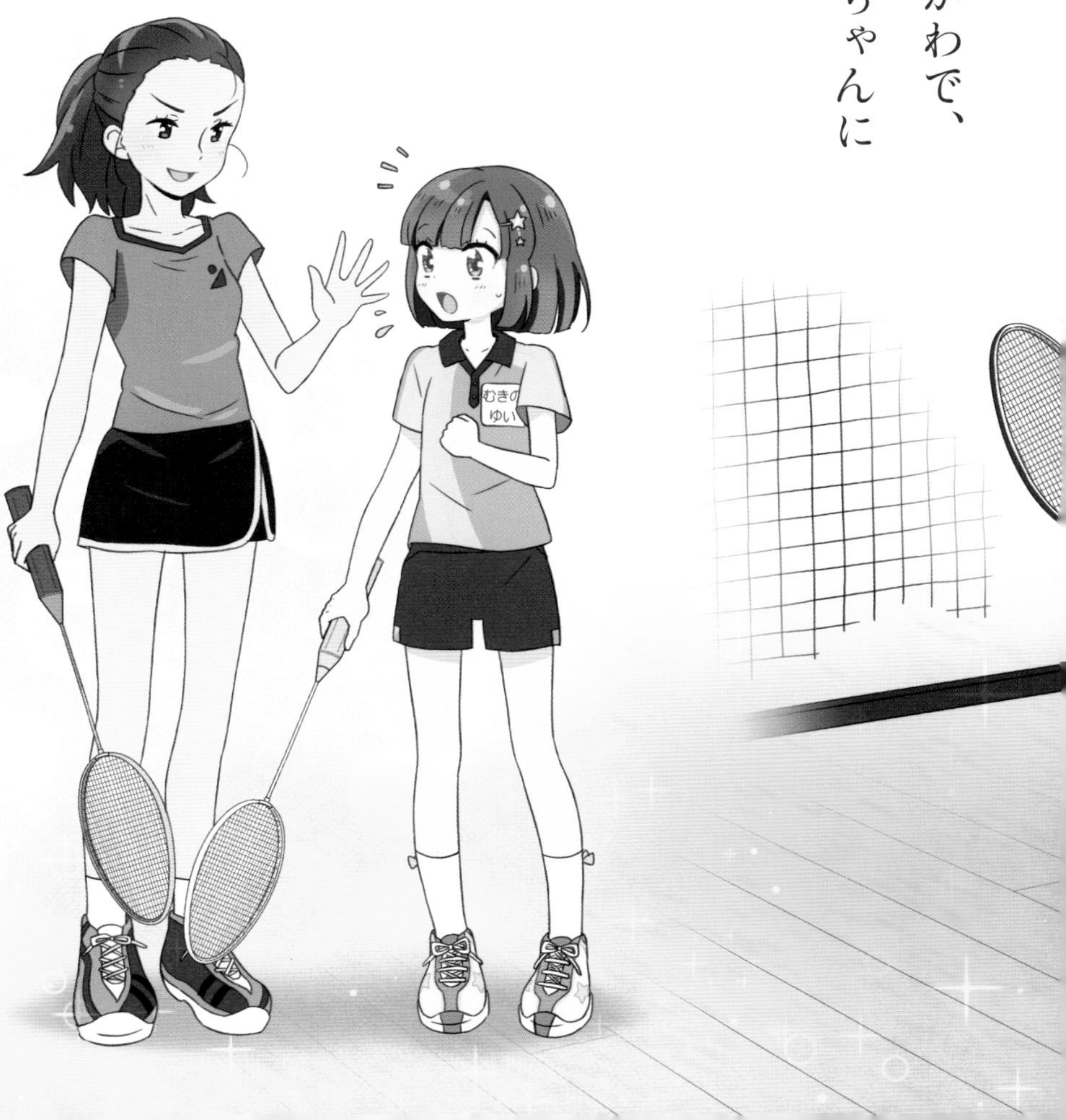

結衣《ゆい》ちゃんは、次《つぎ》のラリーでがんばりを見《み》せた。
コートの奥《おく》から、いっしょうけんめいに攻撃《こうげき》をつづける。
わたしと里田選手《さとだせんしゅ》に何度《なんど》打《う》ち返《かえ》されても、あきらめずに。
そのあいだ、前《まえ》に立《た》つ小石川選手《こいしかわせんしゅ》は、うしろを見《み》ない。
結衣《ゆい》ちゃんはラケットをふりかぶり、もう一度《いちど》、スマッシュした。
まっすぐ突《つ》き進《すす》んでくるシャトルが、わたしのラケットに、ぐぐっと食《く》いこんでくる。
どうにか打《う》ち返《かえ》すと、そこへ小石川選手《こいしかわせんしゅ》が飛《と》びついた。
パアン！
シャトルが、わたしたちのコートにたたきつけられる。

小石川選手《こいしかわせんしゅ》は結衣《ゆい》ちゃんにかけよった。

「結衣《ゆい》ちゃんがチャンスを作《つく》ってくれるのを信《しん》じて待《ま》ってた。ナイスショット！」

「はいっ」

結衣《ゆい》ちゃんは、今《いま》までに見《み》たことがないくらいうれしそうに、ほこらしそうに、笑《わら》った。

たよってもらえるって、うれしいんだ。

信《しん》じ合《あ》ってプレーするから、ダブルスは楽《たの》しいんだ。

ネットごしに、結衣《ゆい》ちゃんと目《め》が合《あ》う。

わたし、やっとわかった気《き》がするよ。

結衣《ゆい》ちゃんと、本当《ほんとう》にまえむきなペアになる方法《ほうほう》。

まえだ
あかり
むき
ゆい

子《こ》どもアスリート教室《きょうしつ》から、数日後《すうじつご》。

「二人《ふたり》とものびのび動《うご》いてるね。解散《かいさん》は、なし！」

坂本《さかもと》コーチはわたしたちのプレーを見《み》てすぐに、笑《わら》ってほめてくれた。

解散《かいさん》させるつもりは、たぶん、初《はじ》めからなかったのかも。

あの日《ひ》、里田選手《さとだせんしゅ》とわたし、小石川選手《こいしかわせんしゅ》と結衣《ゆい》ちゃんで組《く》んだダブルスは、接戦《せっせん》のすえ、11対《たい》9で、わたしと里田選手《さとだせんしゅ》の勝《か》ちで終《お》わった。

「里田選手《さとだせんしゅ》、小石川選手《こいしかわせんしゅ》、ありがとうございました」

胸《むね》が、いっぱいだった。つたえたいことも、いっぱいあった。でも、ぜんぶをつたえる時間《じかん》がない。

「ダブルス、すごく、すごく楽《たの》しかったです」

わたしが言《い》うと、結衣《ゆい》ちゃんもつづけた。

「もっと、もっとプレーしたかったです」

それだけしか言《い》えなかった。でも、里田選手《さとだせんしゅ》と小石川選手《こいしかわせんしゅ》は笑顔《えがお》になって、わたしたちの手《て》を、じゅんばんににぎってくれたんだ。

力強《ちからづよ》さと、自信《じしん》と、バドミントンを好《す》きな気持《きも》ちが、じわじわとつたわってきた。

世界《せかい》でたたかっている人《ひと》たちの手《て》だ、って思《おも》った。

ところで。
まえむきなペアになる方法《ほうほう》、
教《おし》えてあげよっか。
カンタンだよ。
ちょっと照《て》れるけどね。
こうするの。
「結衣《ゆい》ちゃん」
コートに入《はい》るまえに、
結衣《ゆい》ちゃんの肩《かた》を
つんつんつつく。
「なあに？」

「わたし、たよるね！」

結衣《ゆい》ちゃんは目《め》を丸《まる》くした。

それから、大《おお》きく大《おお》きくうなずいた。

「うん、たよって！」

おそろいの星《ほし》の形《かたち》のヘアピンが、わたしたちをおうえんするみたいに、きらっ、きらっ、と光《ひか》った。

# バドミントンのまめちしき

## オリンピック＆《アンド》パラリンピックを
## もっとたのしむために

### バドミントンって、どんなスポーツ？

ガチョウなどの羽根《はね》でできたシャトル。ふわりふわりと宙《ちゅう》を舞《ま》っているイメージがあるかもしれませんが、とんでもない！　思《おも》いきりスマッシュした瞬間《しゅんかん》のスピードは、なんと時速《じそく》４００キロ超《ご》え！　いちばん速《はや》く走《はし》る東北新幹線《とうほくしんかんせん》でも時速《じそく》３２０キロですから、その速《はや》さがわかります。そうかと思《おも》えば、空中《くうちゅう》でスピードが落《お》ちてストンとコートに落《お》ちてしまう。シャトルのスピードがきょくたんに変《か》わるところに、バドミントンのおもしろさがあり、それをいかして選手《せんしゅ》は打《う》つ力《ちから》や打《う》ち方《かた》を変《か》えたりして、かけひきするのです。

試合形式《しあいけいしき》には、１対《たい》１で試合《しあい》をするシングルスと２

対《たい》2のダブルスがあります。あかりと結衣《ゆい》はダブルスでゲーム練習《れんしゅう》をしましたね。このほか、男女《だんじょ》1人《ひとり》ずつがチームになってたたかうミックスダブルスという形式《けいしき》もあります。基本《きほん》は1ゲームにつき21点《てん》を先《さき》に取《と》ったほうが勝《か》ちで、3ゲームのうち先《さき》に2ゲーム勝《か》ったほうが勝者《しょうしゃ》となります。20対《たい》20になった場合《ばあい》、相手《あいて》と2点差《てんさ》をつけるか、30点《てん》を先《さき》に取《と》ったほうが勝《か》ちです。

## バドミントンがうまくなるのに必要《ひつよう》なことって?

バドミントンでは、シャトルがあっちこっちに飛《と》んでいきますから、追《お》いかける持久力《じきゅうりょく》が必要《ひつよう》です。スマッシュを打《う》つために筋力《きんりょく》をきたえるのも大切《たいせつ》で

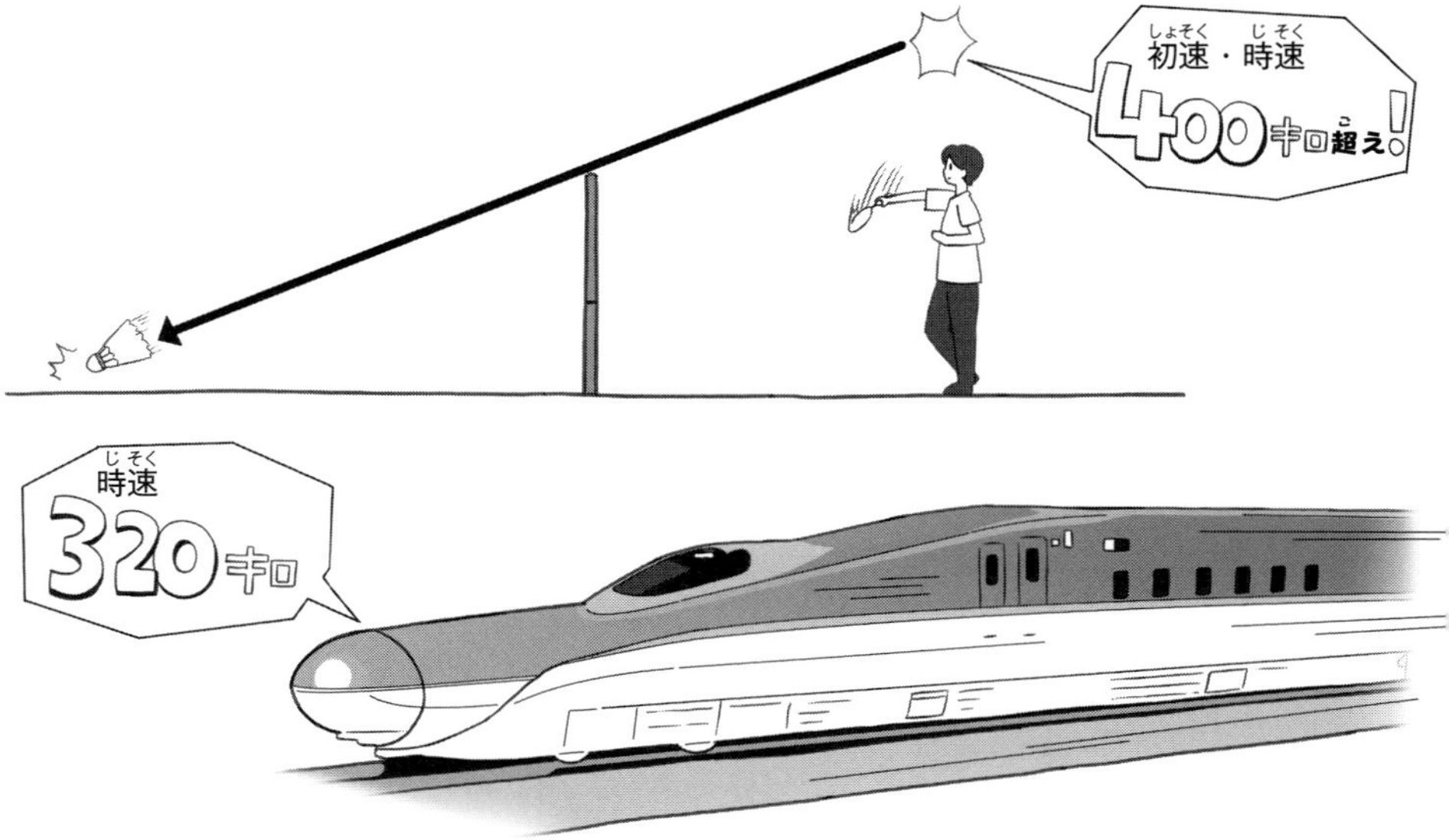

すし、ねらった場所《ばしょ》にシャトルを打《う》ちこむために、選手《せんしゅ》たちは何百回《なんびゃっかい》、何千回《なんぜんかい》と同《おな》じショットをくりかえします。うまくなるのに気《き》の遠《とお》くなるような努力《どりょく》が必要《ひつよう》なのは、どのスポーツも同《おな》じことですね。

ダブルスをする人《ひと》であれば、あかりと結衣《ゆい》のことを思《おも》いだしてみてください。２人《ふたり》に足《た》りなかったものは……そう、コミュニケーションの力《ちから》です。ペアを組《く》む相手《あいて》を信《しん》じることもふくめ、バドミントンで大《おお》きな意味《いみ》をもつのは、「相手《あいて》が何《なに》を考《かんが》えているかを想像《そうぞう》する力《ちから》」です。その力《ちから》が味方《みかた》にはっきされれば、信《しん》じてプレーを任《まか》せることにつながりますし、その力《ちから》を対戦《たいせん》相手《あいて》に向《む》ければ、「今《いま》、どこに打《う》たれたらイヤかな」と想像《そうぞう》して、返《かえ》せないところにシャトルを打《う》ちこめます。体《からだ》とともに、「心《こころ》」の動《うご》きがカギとなるスポーツといえますね。

## オリンピック&《アンド》パラリンピックを見《み》るときのポイントは？

これまでのオリンピックでは中国《ちゅうごく》や韓国《かんこく》、インドネシア、デンマークといった国々《くにぐに》がメダルをあらそっていましたが、２０１２年《ねん》のロンドン大会《たいかい》の女子《じょし》ダブルスで、日本《にほん》のペアが銀《ぎん》メダルを、つづく２０１６年《ねん》のリオデジャネイロ大会《たいかい》の、やはり女子《じょし》ダブルスで金《きん》メダルをとった

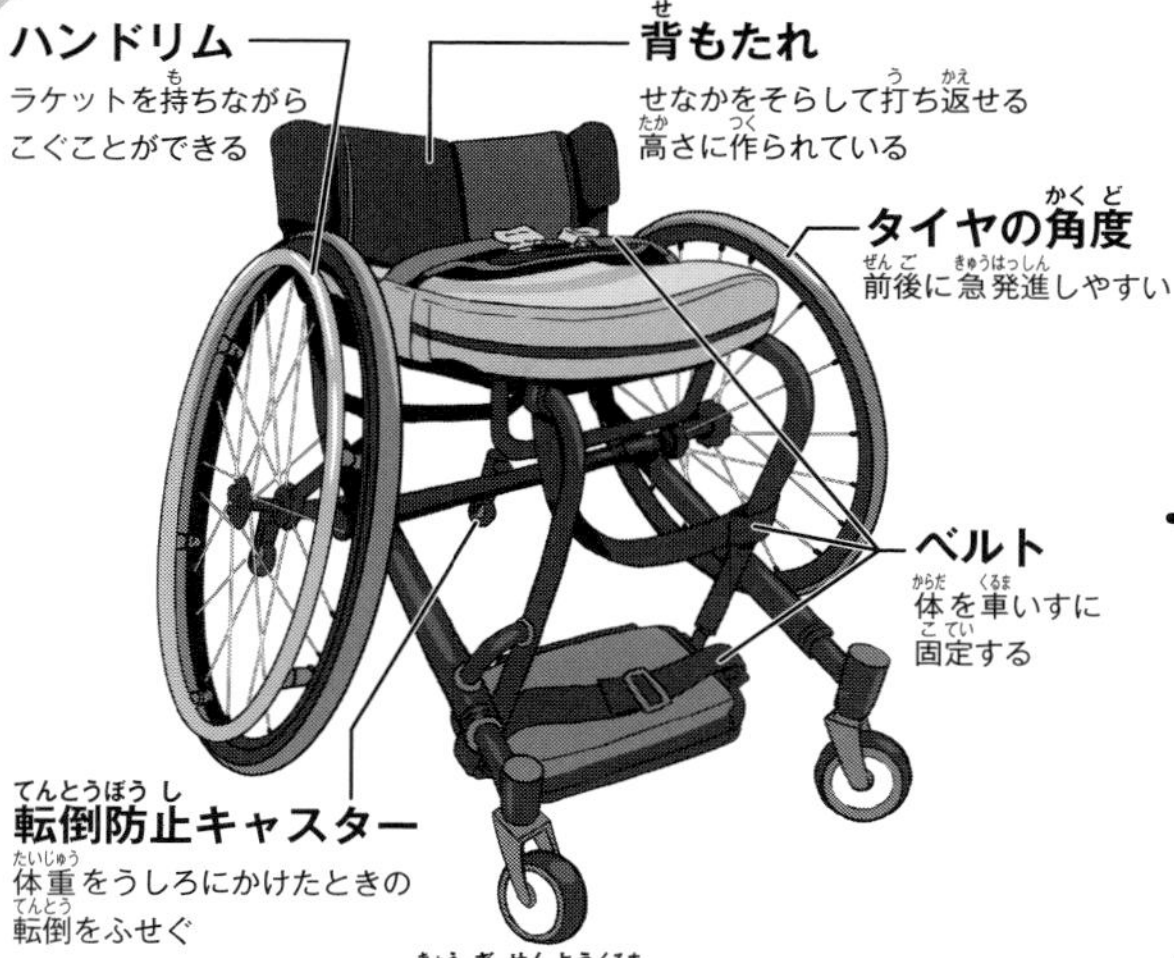
ハンドリム
ラケットを持《も》ちながら
こぐことができる
背《せ》もたれ
せなかをそらして打《う》ち返《かえ》せる
高《たか》さに作《つく》られている
タイヤの角度《かくど》
前後《ぜんご》に急発進《きゅうはっしん》しやすい
ベルト
体《からだ》を車《くるま》いすに
固定《こてい》する
転倒防止《てんとうぼうし》キャスター
体重《たいじゅう》をうしろにかけたときの
転倒《てんとう》をふせぐ

【競技専用車《きょうぎせんようくるま》いす】

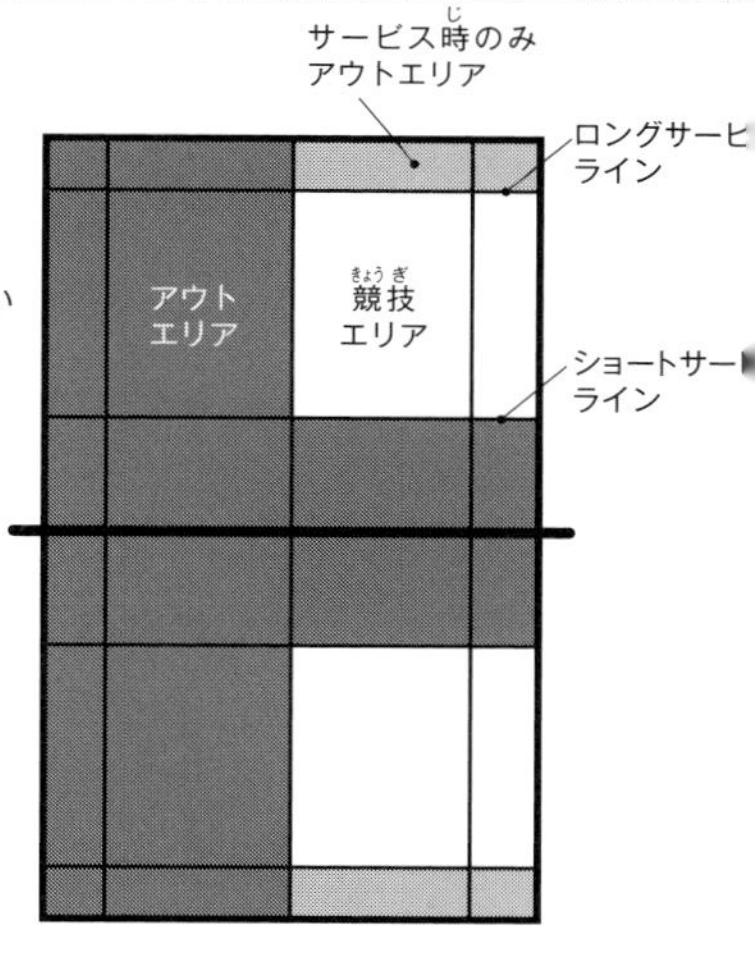
サービス時《じ》のみ
アウトエリア
ロングサービ
ライン
アウト
エリア
競技《きょうぎ》
エリア
ショートサー
ライン

【車《くるま》いすのシングルスコート】

ことをきっかけに、日本《にほん》は強豪国《きょうごうこく》として世界《せかい》からマークされるようになりました。

シングルスは、シャトルをコートの奥《おく》に打《う》ったり手前《てまえ》に打《う》ったりして、相手《あいて》がいない、がら空《あ》きのスペースをつくっていくラリー（打《う》ち合《あ》い）が見《み》どころです。先《さき》の先《さき》の先《さき》を読《よ》む、頭《あたま》を使《つか》う競技《きょうぎ》であることがわかります。ダブルスなら、あかりと結衣《ゆい》のように、「相手《あいて》を信《しん》じる力《ちから》」で得《とく》点《てん》したときの、２人《ふたり》の表情《ひょうじょう》に注目《ちゅうもく》してみてください。

パラリンピックでは、障《しょう》がいの種類《しゅるい》や程度《ていど》によってコートの広《ひろ》さなどが変《か》わります。たとえば、車《くるま》いすに乗《の》った人《ひと》どうしの試合《しあい》の場合《ばあい》、コートは半分《はんぶん》の広《ひろ》さになって、ラリーのテンポが速《はや》くなります。大《おお》きくせなかをそらしてシャトルを打《う》つときにもたおれないよう、車《くるま》いすそのものに工夫《くふう》がこらされていることも、見《み》のがせないポイントです。

落合由佳｜おちあいゆか

1984年生まれ。栃木県出身。法政大学卒業後、会社勤務などを経て、2016年、バドミントンに打ち込む中学生たちを描いた『マイナス・ヒーロー』で第57回講談社児童文学新人賞佳作に入選。翌年、同タイトルのデビュー作を出版した。他の著書に剣道を通じて小学生男子が友情をはぐくむ『流星と稲妻』（講談社）がある。また、『YA! アンソロジー　わたしを決めつけないで』（講談社）に作品が収録されている。

うっけ

1983年生まれ。埼玉県出身。ゲーム制作会社にてデザイナーとしてゲームの企画・開発にたずさわったのち、フリーのイラストレーターに。児童書に描いた作品には、「恋する和パティシエール」シリーズ、『女王さまがおまちかね』（以上ポプラ社）、「フェアリーキャット」シリーズ（講談社青い鳥文庫）、「ぐらん×ぐらんぱ！スマホジャック」シリーズ（小学館）などがある。

ブックデザイン／脇田明日香
巻末コラム／編集部

スポーツのおはなし　バドミントン
**まえむきダブルス！**

2020年1月14日　第1刷発行

作　落合《おちあい》由《ゆ》佳《か》
絵　うっけ
発行者　渡瀬昌彦
発行所　株式会社講談社
〒112-8001 東京都文京区音羽2-12-21
電話　編集 03-5395-3535　販売 03-5395-3625　業務 03-5395-3615
印刷所　共同印刷株式会社
製本所　島田製本株式会社

N.D.C.913 79p 22cm ©Yuka Ochiai / Ukke 2020 Printed in Japan ISBN978-4-06-517620-7

定価はカバーに表示してあります。落丁本・乱丁本は、購入書店名を明記のうえ、小社業務あてにお送りください。送料小社負担にておとりかえいたします。なお、この本についてのお問い合わせは、児童図書編集あてにお願いいたします。本書のコピー、スキャン、デジタル化等の無断複製は著作権法上での例外を除き禁じられています。本書を代行業者等の第三者に依頼してスキャンやデジタル化することは、たとえ個人や家庭内の利用でも著作権法違反です。